FORTUNE INVISIBLE

(Un classique de la cryptographie)

J. Lee Porter

Ed Teja

Traduit par

Pedro Pablo Perez Aguero

Publié par Nomadic Giant, LLC

www.nomadicgiant.com

ISBN: 978-1-949063-10-3

Chaleur tropicale, argent et luxure

Henry Miller a dit un jour : "La destination n'est jamais un lieu, mais toujours une nouvelle façon de voir les choses." Je pense que c'est la raison pour laquelle j'ai laissé un riche et bavard expatrié américain me raconter son histoire pendant des vacances prolongées de mon travail de programmation à Carthagène, en Colombie. Je n'étais pas impressionné ni même particulièrement intéressé jusqu'à ce que je rencontre sa belle assistante et que j'entende des rumeurs selon lesquelles l'homme avait un sombre secret. Même à ce moment-là, j'étais surtout intrigué, je suppose, parce qu'apprendre la vérité était un moyen d'apprendre à la connaître.

C'est de la fiction moderne, une histoire de justice d'autodéfense high-tech. Il s'inspire d'une atmosphère tropicale fumante, de boissons fraîches et de corps en sueur. C'est l'histoire de comment, en fin de compte, la tentation de rendre la justice et de satisfaire mes propres désirs (de posséder à la fois le matériel et l'immatériel) a vaincu le bon sens et peut-être la décence que j'avais autrefois.

Mais alors, la trahison pour une bonne cause peut avoir un goût sucré même si ce n'est jamais très clair, à la fin, qui a séduit qui vous pouvez encore avoir une fin heureuse.

"Le but de Bitcoin, c'est que tu ne fais confiance à personne d'autre pour te dire ce qu'est la vérité. "
Andreas Antonopoulos
Auteur de Maîtriser Bitcoin

Un Méchant Homme

J'ai rencontré Daryl Saunders comme vous rencontrez souvent d'autres compatriotes lorsque vous voyagez. Je m'étais rendu à Carthagène, en Colombie, pour prendre une pause bien méritée de mon travail de programmeur aux États-Unis. C'est un endroit confortable, assez comme les Etats-Unis pour ne pas être dérangeant et pourtant un univers loin de ce qui a passé pour ma vie normale.

J'avais passé environ une semaine dans la vieille ville fortifiée - assez longtemps pour trouver quelques endroits préférés et apprendre à connaître quelques personnes. Un des meilleurs endroits que j'ai trouvé pour profiter du coucher de soleil était un bar appelé El Baluarte De San Francisco. Il est perché sur le mur ; c'était un restaurant et il sert encore de la nourriture trop chère, mais c'est surtout un bar en plein air avec une vue magnifique.

La ville est incroyable. Les Espagnols l'ont fondée en 1533, mais il a fallu attendre jusqu'en 1796 pour construire ses murailles, qui étaient destinées à la protection contre les pirates. Après tout, c'était un port clé pour l'exportation d'argent péruvien vers l'Espagne et pour l'importation d'esclaves africains. Aujourd'hui, la vieille ville est un musée géant et une attraction touristique.

Assis là, dans l'air humide du soir, à savourer un verre de Glenfiddich, 18 ans, sur les rochers avec vue sur la ville et les bateaux amarrés aux quais est surréaliste. J'ai pu admirer les bâtiments espagnols vieux de 500 ans à proximité et, d'un petit tour de tête, j'ai vu un nouveau mur, un mur fait de tours de grande hauteur modernes. Dès le coucher du soleil, le soleil brille sur le métal et le verre des nouveaux bâtiments. Puis, comme le ciel s'assombrit rapidement, les lumières s'allument. C'est une transition glorieuse d'une modernité chatoyante vers un pays des merveilles où tout brille.

Et à travers tout cela, dans la ville en contrebas, une horde de touristes, colombiens et étrangers, s'en emparent, grouillant de vendeurs et d'arnaqueurs vendant des chapeaux, de la nourriture, toutes sortes de souvenirs et des promesses de visites aux magnifiques plages le jour suivant.

Les plages peuvent être agréables, mais j'étais content dans ma chaise et je regardais tout. Diego, mon serveur, sourit et apporta mon deuxième verre sans que je le demande. Il était bon dans son travail - la glace qu'il mettait dans le verre était une seule grande sphère. Cela minimise la surface de la glace et permet de refroidir le précieux single malt sans le diluer trop rapidement. C'est important lorsque vous êtes à l'extérieur dans une chaleur qui persiste longtemps après le coucher du soleil.

Comme d'habitude, je buvais seul. Tout comme Diego s'était avéré être un bon, non, un excellent serveur, j'avais été un client idéal. En remerciement de mes conseils généreux, il s'est assuré que j'étais assis bien loin des haut-parleurs qui pouvaient, parfois, produire de la musique rauque, avec le volume qui augmentait plus tard dans la soirée. Contrairement à beaucoup d'autres qui y sont venus, je voulais me détendre et savourer mon verre. Pour l'instant, la musique était du jazz doux et je me sentais aussi doux que le solo de saxophone que je pouvais entendre dans l'air de la nuit.

C'est une zone bondée et le reflux du flux de la foule amène différentes personnes dans et hors de votre cercle, votre conscience. Cela dit, ce n'était pas une surprise lorsqu'un homme est entré, s'est approché de ma table et m'a demandé s'il pouvait partager ma table. "Les familles font le plein," dit-il.

J'ai levé les yeux pour voir un homme d'une cinquantaine d'années. Il était rasé de près, de taille moyenne et vêtu d'une chemise ample, d'un short et de sandales - l'uniforme de l'expat tropical. Sa demande semblait raisonnable, alors j'ai acquiescé. "Sers-toi." En prononçant ces mots, j'ai su qu'ils étaient vrais. Soudain, l'idée d'avoir de la compagnie, d'avoir un interlocuteur anglophone à qui parler, m'a séduit.

La conversation est un échange étrange et complexe. J'ai souvent été étonné de constater que les expatriés et les voyageurs qui se rencontrent dans un endroit éloigné se disent volontiers des choses que personne de sain d'esprit n'admettrait s'ils étaient de retour là d'où ils se sont échappés. C'est peut-être un besoin de créer des liens, c'est peut-être une façon de les identifier. C'est peut-être la libération d'avouer (d'une certaine façon) à un parfait inconnu. Quoi qu'il en soit, nous semblons tous devenir Chatty Cathy's quand nous sommes à l'étranger et Daryl n'a pas fait exception. Il s'est assis, a commandé un verre à Diego, qui lui a donné un air renfrogné et désapprobateur qu'il a ignoré, et s'est ouvert à moi.

Dans ce flot de mots, j'ai beaucoup appris. C'est ainsi que j'ai appris qu'il s'appelait Daryl Saunders et qu'il était riche ; c'est ainsi que j'ai appris que sa richesse était en Bitcoin. Je n'avais pas demandé, il me l'a juste dit. Je m'en fichais... pas au début. Ce qu'une personne fait de son argent, même comment elle l'a obtenu, ne m'intéresse pas beaucoup. Ce n'est pas que je ne suis pas aussi curieux des gens que n'importe qui d'autre, mais j'ai été élevé pour considérer les finances des autres ne me regarde pas. Je ne voulais pas non plus parler de mes finances. Cela me semble tout simplement troublant.

Daryl venait d'un autre monde et avait d'autres idées. Il voulait me dire, semblait avoir besoin d'expliquer, comment il avait investi dans Bitcoin en 2013 et avait fait un paquet. Il pensait que c'était drôle qu'à cause de ça, maintenant il n'a rien fait du tout avec. Une fois par mois, pour faire face à ses dépenses, il convertit certains de ses cryptos en pesos. C'était son mois de travail. "C'est comme avoir un compte bancaire sans fin," dit-il. "J'ai arrêté de penser à mon argent en dollars depuis des années."

Je sais que beaucoup de choses que les gens vous racontent dans un bar, c'est des conneries d'auto-agrandissement, mais l'histoire de Daryl avait du sens. Il m'a parlé de la grande maison qu'il avait en ville. "J'ai rénové un vieux manoir espagnol," dit-il. "Eh bien, je l'ai fait faire." Il m'a souri. "Les gens du coin font du bon travail et je n'en fais pas. Il a des murs anciens mais un intérieur moderne et simple. J'ai acheté un autre bâtiment, celui d'à côté, et je l'ai démoli pour en faire un garage."

"Vous avez besoin d'un grand garage ?" J'ai été surpris que quelqu'un veuille avoir une voiture à Carthagène. La circulation était terrible.

Un regard de bonheur croisa son visage. "J'en ai besoin pour ma collection."

"Vous avez de belles voitures ici ? Dans ce trafic ?"

"Motos. Des classiques italiens. Je ne les monte pas. Je ne suis pas stupide."

Il n'était peut-être pas stupide, mais il était garrot. Sa conversation m'a amusé, alors je l'ai laissé parler, et il est retourné à son sujet favori, son argent. J'avais lu un peu sur les cryptos et j'étais curieux de rencontrer quelqu'un qui avait vraiment acheté tôt. J'ai donc cherché subtilement quelques détails. "Comment le vendre ?" J'ai demandé. "Nous sommes en Colombie."

"C'est une affaire mondiale", a-t-il dit. "Je me connecte à un compte dans une petite bourse au Panama qui approvisionne les grands détenteurs de Bitcoin. Ils encaissent tout ce que je dis, l'envoient sur mon compte bancaire, et mes factures sont payées automatiquement." Il s'est cogné les lèvres. "Merde, le peu que je passe ces jours-ci n'est même pas près de faire tomber le principe," dit-il. "Cette merde de crypto vaut plus à chaque fois que je la regarde. A ce rythme, je ne serai jamais à court d'argent." Il m'a donné un sourire satisfait et s'est frotté les mains ensemble. "C'est ma fortune invisible."

Comme je l'ai dit, j'ai absorbé l'information, acquiescé au bon moment et écouté poliment. Je peux parfois le faire. Quand il a fait une pause, nous avons commandé une autre tournée de boissons.

"Alors vous avez laissé l'échange tenir votre Bitcoin ? N'est-ce pas dangereux ? D'après ce que j'ai lu, Bitcoin est un actif numérique au porteur et celui qui a les clés privées contrôle les pièces."

"Pas moyen que ça arrive", il a dit. "Il y a une tonne de sécurité. J'ai un téléphone séparé que

11

j'utilise pour accéder à mon compte et il ne quitte jamais mon bureau. Il fournit ce qu'ils appellent une authentification à deux facteurs. Sans ce téléphone.... dis juste qu'il est à l'épreuve des pirates !"

Je voulais expliquer que tout cela n'empêcherait pas son échange de décoller avec l'argent ou l'échange lui-même d'être piraté, mais il était évident qu'il ne voulait plus de conseils de la part de gens comme moi. Il était riche et prospère, et j'étais juste un type dans un bar.

"Vous m'avez demandé de vous informer de l'arrivée de vos invités ", m'a dit une voix douce qui venait de derrière moi.

Je me suis tournée et j'ai été traitée à la vue de la petite, mince beauté colombienne dans l'afflux de son début de la vingtaine. Quand elle m'a souri, elle était juste cordiale avec l'amie de Daryl, mais, je dois avouer que ce sourire m'a réchauffé. L'expression hantée dans ses yeux contredisait étrangement le sourire. J'avais l'impression que cette femme était malheureuse, effrayée peut-être.

"C'est Paola, mon assistante," dit-il. "Non pas que je fasse des conneries qui ont vraiment besoin d'aide, mais je l'ai trouvée à Medellin et j'ai toujours voulu une fille vendredi, pour ainsi dire." Il m'a fait un clin d'œil sournois, presque conspirateur. "Maintenant elle me dit que j'ai besoin d'aller à un rendez-vous pour dîner. J'ai des choses à faire et des gens à soudoyer." Il s'est levé. "Ravi de t'avoir parlé..." Quand il a fait une pause, j'ai réalisé qu'il n'avait même pas demandé mon nom.

"Toi aussi, Daryl", j'ai dit, tout aussi heureux qu'il ne sache pas qui j'étais.

Quand il est parti, avec Paola dans son sillage, j'ai fait signe à Diego de venir. Je voulais un autre single malt.

"Votre ami n'a pas payé sa facture," dit-il.

Je l'ai regardé avec curiosité. Diego me regardait d'un air renfrogné et maintenant il me regardait d'un air méchant.

"Ce n'est pas mon ami, mais je paierai ses verres, Diego. Mets ça sur ma note et ne sois pas bizarre avec moi."

Il a penché la tête, comme s'il décidait s'il voulait me servir un autre verre ou non. C'était sérieux. Diego était un jeune homme, avec un bon anglais qui le rendait populaire auprès des croisiéristes qui n'avaient pas d'espagnol. Et il avait été amical la semaine dernière, ce qui m'a laissé perplexe. Je n'arrivais pas à penser à quoi que ce soit que j'avais dit ou fait qui ait quelque chose à voir avec lui, et je n'aime pas les drames. Alors je l'ai appelé sur son attitude. "Pourquoi tu me regardes comme ça ?"

"Soit tu as mauvais goût pour les amis, soit tu n'es pas quelqu'un de bien non plus, dit-il.

"Sympa ?" Je me demandais si cet homme détestait les riches. "Et comme je l'ai dit, ce n'est pas mon ami. Je viens de rencontrer ce type ici. Il est venu s'asseoir parce qu'il ne trouvait pas d'autre endroit pour s'asseoir. C'est du moins ce qu'il a dit."

Cela l'a surpris. "Mais tu l'as laissé s'asseoir avec toi."

"C'était la chose la plus civilisée à faire."

"C'est un homme méchant."

"Mauvais ? Qu'est-ce que tu racontes ? En quoi est-il mauvais ?"

"Ce n'est pas à moi de le dire."

"Mais vous dites qu'il est mauvais. S'il fait quelque chose, dites-le à la police ou à d'autres personnes qui sont payées pour s'en soucier."

"Je ne peux pas aller à la police." Je n'aimais pas ça du tout.

"Pourquoi pas ?"

"Paola, son assistante, m'a dit de ne pas le faire. Ils n'aideront pas."

C'était de pire en pire tout le temps. "Alors tu connais la fille ?"

Il avait une nostalgie qui me disait qu'il voulait mieux la connaître qu'il ne l'avait fait. C'est quelque chose que je pouvais comprendre. C'était une chica sexy. "On se parle parfois quand elle vient en ville faire des courses pour ce salaud. Ma maison est près d'un magasin qui lui commande de l'alcool spécial." Puis il s'est souvenu où il était et que j'étais un client. "Je vais chercher ton verre."

J'ai réfléchi à ce qu'il a dit. Quoi qu'il se passait, ça dérangeait vraiment Diego, et je l'aimais bien. Quand il est revenu, je lui ai posé la question qui m'est venue à l'esprit. "Paola me raconterait-elle les histoires de son patron ?"

Il haussa les épaules. Il semblait que les circonstances et mon attitude m'accordaient l'absolution de ma culpabilité par association... pour l'instant. "Elle vous parlerait s'il n'était pas là et que vous étiez une personne prête à l'arrêter."

"Comme toi ?"

Cette question l'a pris au dépourvu. "Je ne peux rien faire pour l'arrêter."

"Mais tu le veux."

C'est ce qu'il a envisagé. "Je ferais ce que je pourrais."

J'ai siroté le verre. "C'est bon à savoir." Même sans savoir ce que Daryl faisait, mon petit cerveau de programmeur avait déjà commencé à jouer avec des idées pour l'atteindre. Je prenais parti pour rien. Et je me demandais ce que Diego voulait dire en arrêtant Daryl... Est-ce qu'ils voulaient le tuer ?

Je n'étais pas sûr d'aller aussi loin, quoi qu'il ait fait. Mais j'étais sûr de pouvoir l'atteindre d'une autre façon. "J'aimerais lui parler", j'ai dit.

"Je lui dirai", a promis Diego.

J'ai bu mon scotch et j'ai essayé de me sortir tout ça de la tête, ce qui m'a naturellement empêché de penser à autre chose. Quel que soit le vice de Daryl, il ne s'agissait apparemment pas seulement de drogues ou d'orgies excessives ou de quelque chose d'ordinaire comme ça. Personne ne serait intéressé à l'arrêter si c'était tout ce que c'était, surtout pas ces deux jeunes gens. S'ils s'engageaient dans cette voie, il y avait plus de candidats à l'arrêt que vous ne pourriez en gérer en une vie.

Une Rencontre Fortuite

Le lendemain, j'ai pris mon petit-déjeuner dans un petit café au coin de la rue de l'endroit où je logeais. Ma chambre se trouvait à l'extérieur de la ville fortifiée, dans un quartier pittoresque appelé Getsemaní qui est une toile de ruelles étroites à sens unique et de portes à l'ancienne, avec des jardinières suspendues aux fenêtres du deuxième étage.

Je suis allé au café plusieurs fois et pendant que je mangeais, j'ai bavardé avec des gens du coin qui semblaient y être des habitués. Je leur ai demandé s'ils connaissaient un certain Daryl Saunders. Ils ont dit que non et je me suis dit que c'était fini. Ça ne l'était pas.

"Je suis désolé, mais je vous ai entendu poser des questions sur cet homme riche, Saunders," dit le propriétaire en s'approchant de la table.

"Ouais."

"Pourquoi tu me parles de lui ?" Il n'avait pas l'air content.

"J'étais juste curieux à son sujet, c'est tout."

Il m'a regardé de plus près. "Je vais vous dire que c'est un sale type."

"Que voulez-vous dire par là ? J'ai demandé.

Il avait l'air méfiant envers moi. Je sentais encore une fois que j'étais en train d'être asphyxié par les liens de l'association. "Si tu ne le savais pas, tu n'essaierais pas d'en savoir plus sur lui."

"Ecoute, je l'ai rencontré hier soir. Il avait l'air d'aller assez bien, mais on m'a donné l'impression qu'il était en train de faire des conneries diaboliques. Ce n'est pas parce qu'on s'est assis à la même table et qu'on a bu quelques minutes que ça fait de moi un mauvais garçon. J'aimerais savoir ce qui se passe, c'est tout."

"Vous voulez savoir quel est son vice ?"

"Je veux juste savoir si c'est vrai, que c'est un sale type. Comme je l'ai dit, on m'a dit qu'il était mauvais, mais je ne vais pas le radier juste à cause de rumeurs, ou de rumeurs."

"Dans ce cas, je ne peux pas aider", a dit l'homme. "Je ne connais que les rumeurs. Mais il y a tant de rumeurs que je suis content qu'il ne vienne pas chez moi. Ça n'aiderait pas la réputation de mon café qu'il vienne ici, pas plus que la vôtre."

Cette attitude était troublante et l'intensité ne se résumait pas à de simples ragots. Clairement, parler de Daryl Saunders avec ce type ne m'aiderait pas à en savoir plus.

Après le petit-déjeuner, je me suis promené dans la vieille ville pendant un moment. La théorie était que je pouvais me calmer l'esprit avec la tranquillité des beaux bâtiments, des grandes églises et de la musique de rue qui résonnaient dans la rue. Ça n'a pas marché. Je me suis retourné vers les rangées de magasins, pensant que j'allais prendre quelques collations à emporter dans ma chambre. Je n'allais nulle part, alors j'ai décidé de regarder un film et de voir si je n'arrivais pas à me changer les idées à propos de ce que Daryl faisait.

C'est là que je suis entré dans Paola... littéralement. Elle quittait le magasin dans lequel j'entrais et nous nous sommes écrasés l'un sur l'autre dans une collision frontale adoucie seulement par sa petite taille. L'impact a fait tomber ses sacs sur le sol et les provisions qu'elle transportait se sont éparpillées. Un sac de détergent skitter sous le comptoir et une bouteille d'aguardiente roulés dans la direction opposée.

Quand nous sommes sortis du choc, elle m'a reconnu. "Disculpa", j'ai dit. "Je ne regardais pas où j'allais. Laisse-moi t'aider."

Elle a acquiescé de la tête et nous nous sommes accroupis tous les deux pour les ramasser, puis nous les avons mis dans ses sacs en tissu. Quand nous nous sommes levés, je l'ai accueillie, buvant profondément la vision. Sa robe de soleil en coton légère était basse et comme elle ne portait pas de soutien-gorge, j'avais une vue imprenable sur la chair brune courbée - le haut de ses petits seins. Elles étaient recouvertes de petites perles de sueur ressemblant à des diamants qui semblaient se courber comme si elles adoraient le soleil. Ça m'a coupé le souffle. En levant le regard de ces seins pour rencontrer ses yeux, j'ai vu que l'expression hantée était toujours là et qu'elle tremblait. "Qu'est-ce qu'il y a ?" J'ai demandé.

Elle secoua la tête. "Rien. Merci pour votre aide. Maintenant, je dois retourner à la maison."

"C'était ma faute. Laisse-moi t'offrir une cerveza frio ou un café pour m'excuser de t'avoir percuté comme je l'ai fait."

"C'est très gentil, mais M. Daryl..."

"Dis-lui que tu as rencontré l'homme à qui il parlait tout à l'heure."

"Pourquoi ferais-je ça ?"

"Il sait que je vous ai rencontré brièvement. Il serait naturel pour moi de retarder une jolie dame, de vouloir lui parler et d'apprendre à la connaître. Il n'y a rien de suspect là-dedans. Tu peux m'en vouloir d'avoir été retardé."

"Non, je..."

Elle voulait partir. C'était naturel. Elle ne me connaissait pas, mais elle m'avait vu boire avec Daryl. Comme Diego, elle est peut-être arrivée à la mauvaise conclusion. Mais, avec moi tenant un de ses sacs d'épicerie prisonnière, elle était dans le pétrin. Ce stupide sac d'épicerie était l'occasion de lui faire savoir que je voulais l'aider. Je l'ai donc emmenée dans un bar à jus à côté où je l'ai fait s'asseoir. "Tu dois te calmer.... ressaisis-toi", j'ai dit. "Écoute, je sais que quelque chose ne va pas - quelque chose de bien pire que de faire quelques courses. Je veux t'aider."

Elle était confuse. "J'ai juste besoin de faire mon travail."

"Peut-être que si tu me disais quel est le problème, le vrai problème, je pourrais t'aider à arranger les choses."

"Le problème ?" Elle avait l'air surprise.

"On m'a dit que Daryl, votre patron, est un homme mauvais. Je n'ai aucune idée de ce qu'il fait ou de ce qu'il blesse, mais il est clair que cela vous contrarie. Il te fait mal ?"

Ses yeux clignotèrent un instant. "Qui vous a dit ces choses sur M. Daryl ?"

"Diego, le serveur du Baluarte De San Francisco."

"Aha," dit-elle, elle commença à sourire. "Il s'inquiète pour moi." L'idée lui a visiblement plu.

"Après m'avoir vu boire avec Daryl, il a pensé qu'on était peut-être amis et que j'étais comme lui. On s'entendait bien et soudain, il était dégoûté par moi. Je lui ai demandé, mais il n'a pas voulu me dire ce qu'il faisait. Même quand il réalisait que je ne connaissais pas Daryl, tout ce qu'il disait c'était que tu voulais que quelqu'un l'arrête."

Son regard est devenu calculé, elle me mesurait. Je ne pouvais pas lui en vouloir. Tout ce qu'elle savait, c'est que Daryl m'a envoyé la tester. "Je n'aime pas les gens qui effraient les belles dames et contrarient mon serveur préféré. Dis-moi ce que c'est et peut-être que je peux t'aider."

Elle était réticente. "Je ne devrais pas parler de lui." Quand elle m'a regardé, ces grands yeux bruns contredisaient ses paroles. Elle voulait parler de lui, mais elle avait besoin que je la convainque de le faire.

"Tout ce que tu diras restera entre toi et moi. Personne d'autre. Si je peux aider, je le ferai."

Elle s'est assise tranquillement, considérant ce que j'avais dit, décidant si elle pouvait me faire confiance. Cela m'a fait me demander de quel genre d'aide elle avait besoin, de quel travail elle avait besoin. Je ne suis pas une personne intimidante. J'étais un programmeur qui en avait marre de la course aux rats. J'étais épuisé et j'ai eu la chance d'être apprécié par mon employeur. Quand j'ai terminé mon projet, il m'a ordonné de partir en vacances. "Je ne veux pas voir ta sale gueule pendant un mois", avait-il dit. "Je ne veux pas que tu m'appelles, car ça ne ferait que m'ennuyer. Je veux que tu ailles au Mexique. Assieds-toi sur une putain de plage et bois comme un malade."

J'étais du genre dévoué et toujours obéissant, je venais en Colombie et je restais à l'écart des plages. Qui, après tout, veut du sable dans son scotcha ? Et obtenir quelques vêtements d'une jolie fille et vous obtenez une meilleure vue que d'un dans un bikini à la plage.

Donc vous pouvez voir que j'étais juste un type normal, en d'autres termes. Si ce qu'elle cherchait, c'était des muscles, peut-être n'était-il pas utile de me parler de ses problèmes.

Après avoir pesé les options pendant un certain temps, en se suçant inconsciemment la lèvre d'une façon que j'ai trouvée très sexy, elle m'a dit doucement : " Il fait du mal aux petits garçons. Il les blesse, les utilise. Je pleure pour dormir pour ces enfants."

J'avoue que je ne m'y attendais pas, mais cette méchanceté en particulier semblait correspondre au caractère de l'homme que j'avais rencontré. Je ne m'en doutais pas du tout, mais je pouvais le croire. "Pourquoi ne pas le dire à la police ?"

Elle rit tristement. "Parce qu'il les paie chaque mois pour ignorer tout ce qui se passe chez lui."

"C'est vrai. Nous sommes en Colombie, pas à Des Moines."

"J'ai pensé à le faire tuer." Elle m'a regardé fixement. "Je l'ai vraiment fait. Mais ce serait cher et je n'aurais plus de travail."

"Vous avez peur de perdre votre emploi ? Tu veux continuer à travailler pour ce sac à ordures ?"

Son sourire était maigre. "Non, mais sans l'argent que j'envoie chez moi, ma famille mourrait de faim. Je devrais démissionner, mais démissionner ne change rien. C'est juste moi qui m'enfuis."

Elle était au bord des larmes. "Il paie la police ?" J'ai demandé.

Son hochement de tête l'a confirmé. "Il l'envoie personnellement au chef."

Cela a certainement compliqué l'idée de réparer les torts du monde, du moins à Carthagène. "Alors il prend des enfants et leur fait des choses sexuelles."

Elle hocha la tête. "Il trouve des orphelins, des enfants des rues. Parfois, il les obtient même dans des orphelinats de l'intérieur en leur offrant de l'argent dont ils ont désespérément besoin."

"Il les garde prisonniers ?"

"Aucun maintenant, mais il a une chambre dans la maison où il les garde enfermés. D'habitude, il en a un, parfois deux. Je ne les vois pas, mais je prépare leur nourriture."

"Que leur arrivera-t-il quand il en aura fini avec eux ?"

Elle secoua tristement la tête. "Je n'en ai aucune idée."

Les mauvais traitements infligés aux enfants étaient une maladie qui m'a fait mal à l'estomac. Ce type vivait son rêve diabolique, celui d'être un connard heureux. Cela m'a galvaudé qu'il utilisait sa fortune invisible pour ne pas payer le vrai prix. L'argent l'a protégé des pertes humaines.

Il devait y avoir un moyen de l'atteindre, de l'arrêter. J'ai retourné la situation dans ma tête. Je voulais aider Paola à l'arrêter, mais je n'étais pas un tueur ni même une personne très menaçante. Je ne pouvais pas l'intimider et je n'étais pas sûr que ça marcherait de toute façon - pas s'il avait la police dans sa poche. Tout ce que j'avais, c'était de la technologie. Je connaissais la technologie et grâce à la diarrhée verbale de Daryl, je connaissais ses vulnérabilités. Soudain, j'ai eu quelques idées plutôt sombres sur les bons moyens qui, avec un peu d'aide, pourraient le transformer d'être un riche, un malade baiser, à un pauvre. Ça le ralentirait au moins. "J'ai peut-être une idée", je lui ai dit.

Son visage s'illumina. "Vous pouvez l'arrêter ?"

"Je pense que oui, mais j'aurais besoin de votre aide."

Elle avait l'air joyeuse. "Bien sûr, si vous pouviez..."

"Tu peux venir chez moi ?"

Elle a incliné la tête, me regardant avec curiosité. "Votre chambre d'hôtel ?" Son sourire disait que l'idée l'intriguait, mais dans le contexte, c'était déroutant.

"J'ai une idée qu'on pourrait utiliser pour régler ça, mais on ne devrait pas en parler en public."

Elle hocha la tête. "Vous êtes sérieux ?"

"Je le suis." La vérité était que j'étais sérieux sur plusieurs choses à la fois et, pour une fois, aucune d'entre elles n'avait quelque chose à voir avec le codage. Je voulais vraiment trouver un moyen d'arrêter ce taré et de coucher avec la fille. C'était un scénario gagnant-gagnant dans mon livre. Même un sur deux ne serait pas une perte totale.

Elle a accroché son sac d'épicerie sur son bras et a passé son autre bras dans le mien. "Vamonos."

Une Chambre Avec Vue

Alors que nous marchions les quelques pâtés de maisons jusqu'à l'hôtel, ma concentration sur le problème en question a été compromise par le fait que sa mince robe de soleil blanche ne laissait pas grand-chose à l'imagination. Le soleil des tropiques brillait à travers elle, dessinant sa silhouette douce. J'ai couru mes yeux sur ses courbes, voyant tout ce que je pouvais et imaginant le reste avec le résultat que j'avais du mal à garder ma poitrine qui battait la mesure. Elle devait le savoir.

Quand nous sommes arrivés dans ma chambre, elle a jeté un coup d'oeil rapide à la façon dont les femmes font les choses qui vous fait penser qu'elles imaginent emménager. Puis nous avons mis les choses froides qu'elle avait achetées dans mon minibar pour qu'elles ne s'abîment pas et qu'elles ne se réchauffent pas à son retour à la maison. Pendant qu'elle rangeait ses affaires, je la regardais se pencher pour charger le réfrigérateur, voyant sa culotte rose dentelle se tendre sur la courbe de son cul. Ça m'a fait soupirer.

Je me suis rabattu sur la question dont nous étions censés discuter. "Il m'a dit, Daryl l'a fait, qu'il avait un deuxième téléphone portable. Tu sais où il le garde ?"

"Si. Il est toujours dans le tiroir de son bureau. Il ne l'utilise jamais, sauf une fois par mois quand il paie ses factures. Il m'appelle dans son bureau pour me dire qu'il a envoyé mon salaire à la banque de Medellin et qu'il est assis sur son bureau."

"Et pourriez-vous y arriver ?"

"Le téléphone ? Oui, mais si je l'avais pris, il le saurait. Il a des caméras de sécurité dans son bureau."

"Est-ce qu'il regarde souvent les caméras ?"

Elle a ri. "Jamais. Ils sont là au cas où quelque chose manquerait. Il s'assure que nous savons tous qu'ils sont là."

"Des nuls", j'ai dit.

"Quoi ?"

"Je pense qu'ils sont faux. Il ne saurait pas comment trouver ce qu'il cherche. Mieux vaut acheter des mannequins bon marché et faire croire aux gens qu'il est protégé."

"Mais il est riche."

"Et un salaud de radin qui s'en va en payant à boire. Certains riches sont comme ça. Mais j'ai besoin de savoir quelque chose. C'est important... dans son bureau, il utilise un ordinateur portable ou un ordinateur de bureau ?"

"Un bureau. L'ordinateur est sous le bureau et il y a un écran et un clavier sur le dessus."

C'était bien, ça. "Et il ne ferme pas son bureau ?"

"Non." Puis elle m'a fait un sourire coupable. "Oui, il le verrouille, mais c'est juste un loquet qu'on peut soulever avec un couteau à beurre."

J'ai dû admirer l'admission astucieuse. Elle cherchait déjà un moyen d'atteindre l'homme, quelque chose à utiliser contre lui. "Vous êtes toujours payé le même jour du mois ?"

"Oui, c'est toujours le premier jour. Il est plutôt...."

"Anal ?"

Elle a souri. "Fixé était le mot auquel je pensais. Obsesionado."

J'ai pensé à la chronologie. La première était dans deux semaines. J'étais presque sûr de pouvoir aligner les choses à temps. Pas tout seul, cependant. "Si vous voulez bien m'aider, je pense qu'on peut arrêter Daryl Saunders."

"Oui ?" elle a applaudi avec plaisir. "Dis-moi comment."

"Vous devrez prendre des risques. Vous avez accès aux choses dont nous avons besoin. J'ai le savoir, mais si on veut l'arrêter, il faut que vous preniez ce risque."

"Dis-moi quoi faire."

Elle était à bord. "J'ai besoin de régler quelques détails. Il y a deux ou trois choses techniques et le moment doit être bien choisi."

"Et ensuite, on pourra l'arrêter ?"

Son excitation était contagieuse. "Non seulement on peut l'arrêter, mais faire ce que j'ai en tête résoudra vos problèmes, ceux de votre famille, et même les miens."

"Vos problèmes ?"

"Oui. La mienne."

"Quels problèmes avez-vous ?"

"Les miens sont petits. Je déteste mon travail. Avec de l'argent, je peux démissionner. Je m'ennuie. Avec de l'argent, je peux voyager. Tu peux aussi arrêter de travailler. Tu n'auras plus besoin de travailler."

"Comment est-ce possible ? Rien de tout ça ?"

"Parce que, Paola, nous, toi et moi, on va prendre tout l'argent de ce bâtard. Nous volerons sa fortune invisible."

"Prends-le ? Comment ?" J'ai vu une lumière s'allumer dans sa tête. "Ne pas avoir d'argent l'arrêterait, mais..."

"Je sais comment faire. Il ne reste plus qu'à le mettre en mouvement."

"Et nous aurons de l'argent ? Son argent ?"

"Pas en un seul morceau. On l'aurait bien eu, mais on ne pouvait pas le mettre à la banque tout d'un coup. Si l'un d'entre nous était soudainement riche, cela éveillerait les soupçons. J'ai l'intention de faire en sorte que nous ayons chacun plus d'arrivées par mois que vous ne pouvez l'imaginer ", lui ai-je dit. "Toi et moi, Chica, on aura assez pour faire ce qu'on veut."

Le regard que j'ai vu couvrir son visage était incroyable. Il brillait d'espoir. Maintenant, je devais tenir ma promesse. Je m'étais fait passer pour son chevalier blanc et j'avais l'intention de l'être - je n'avais jamais été le chevalier blanc de personne auparavant et j'aimais ce que ça faisait. L'idée de devenir riche n'était pas mauvaise non plus. Pour y arriver, j'avais besoin de faire des recherches. Ce ne serait pas long. Et en ce moment, alors qu'elle était prise par l'idée d'un avenir passionnant pour la première fois, j'avais un autre point à l'ordre du jour. J'étais déterminé à la réclamer.

Elle comprenait tout cela et probablement beaucoup plus encore. J'ai vu ça sur son visage maintenant. "Alors, on sera partenaires ?" demanda-t-elle.

J'ai presque suffoqué devant la chaleur de son sourire, la luxuriance de ses lèvres et sa façon sensuelle de dire ce seul mot : "partenaires".

Je me suis levé et elle aussi, se retournant pour regarder par la fenêtre. J'avais une belle vue, mais ce n'était pas pour ça qu'elle avait tourné comme ça. Elle faisait semblant de ne pas comprendre ce qui se construisait entre nous. Elle était timide. J'ai donc pris l'initiative. Je me suis approché d'elle et j'ai caressé le monticule doux et courbé de son cul. Elle n'a pas bronché et la chaleur que j'ai sentie à travers sa culotte était intense. Je me suis penché et je lui ai embrassé le cou. Elle s'est figée, le dos arqué, et j'ai couru l'autre main à l'intérieur de sa robe d'été. "Partenaires, j'ai dit. Ma main a facilement glissé vers le haut sur son corps en sueur, atteignant ses petits seins. Je les ai mis en coupe et j'ai laissé mes doigts jouer avec ses tétons.

Paola a poussé un petit gémissement qui m'a excité parce que c'était le son qu'elle était excitée. "Dios mio", elle a suffoqué quand je l'ai caressée. Elle s'est effondrée contre moi et l'odeur d'elle, la sensation de son corps chaud contre le mien était incroyablement excitante. Elle me regarda, me fixa dans les yeux, et mes lèvres étaient attirées vers sa bouche luxuriante. On s'est embrassés, on s'est serrés, nos langues se sont entrelacées.

Quand on a cassé le baiser, j'ai glissé ma main sous ses jambes et je l'ai ramassée. Le regard sur son visage était d'attente et je l'ai portée à mon lit étroit.

Quand je l'ai mise sur le dos, elle m'a regardé fixement, ses yeux bruns se sont dilatés, sa bouche légèrement ouverte. Elle gisait là alors que je commençais à la déshabiller, révélant cette belle chair brune. La vue d'elle était enivrante, et quand elle était nue, je me tenais là en me déshabillant, puis me déplaçant entre ces longues jambes, sentant la chaleur de son corps contre le mien, et puis la manière magique dont elle m'enveloppait. Ses jambes se serraient autour de moi quand je suis entré en elle ; elle me tenait, me touchait le visage quand je la prenais avec une passion féroce.

Puis, quand j'ai été épuisé, je me suis éloigné d'elle pour m'allonger à côté d'elle, épuisé. Elle s'est recroquevillée sur moi et a posé sa tête sur ma poitrine, écoutant mon cœur ralentir. Mes mains ont exploré son dos. "Nous prendrons son argent ?" demanda-t-elle, cherchant un peu de certitude.

"Nous le ferons", j'ai dit. "Et je te reprendrai encore une fois avant que tu ne doives partir."

"Parce que nous sommes partenaires", dit-elle.

Ce n'était pas vraiment important, mais je commençais à me demander qui avait séduit qui.

Planifier

Le lendemain, j'ai passé la journée entière avec un de mes amis proches, Jack Daniels. Heureusement, il voyage bien et, alors que je buvais mon ami jusqu'à l'extinction, j'ai réfléchi à la façon dont mon plan pourrait se réaliser. De temps en temps, mon esprit s'embrouillait dans des pensées chaudes et excitantes de Paola, mais j'étais surtout bon et j'ai réussi à me recentrer rapidement sur la tâche à accomplir.

J'ai appris que le Panama a trois échanges crypto. Je dois déterminer lequel il a utilisé. Ensuite, j'avais besoin de son nom d'utilisateur et de son mot de passe. Avec ça, j'avais besoin de son téléphone ou de sa carte SIM. Chaque fois que l'échange reçoit une demande de déplacement ou de conversion de crypto, il envoie un message texte. C'est ce qu'on appelle un facteur de double-authentification -- c'est un moyen de s'assurer qu'un hacker n'aura pas votre pièce.

J'aime confirmer les choses, m'assurer de bien comprendre ce que je fais. Dans ce cas, je me suis tourné vers quelqu'un de mieux informé, de plus qualifié. Il s'appelle Vihaan et c'est un bon ami depuis des années. On s'est rencontrés à la fin des années 90. Vihaan faisait partie de la première grande vague de programmeurs indiens qui sont venus aux États-Unis, recrutés pour faire face à la panique entourant le bogue de l'an 2000. C'était beaucoup de bruit pour rien, mais Vihaan a fait du bon travail et s'est fait un nom. Il était devenu l'un des meilleurs consultants en sécurité pour diverses sociétés de fortune 500.

La première fois que nous avons travaillé tard ensemble, après que nous ayons finalement terminé la soirée, j'ai produit une bouteille de single malt de mon bureau et je lui ai offert un verre. C'était la première fois qu'il goûtait à une telle liqueur haut de gamme et il l'adorait. Puis, la nuit suivante, une fois le travail terminé, sa femme a fait du poulet Tikka Masala pour nous. Ce fut le début d'une longue amitié.

Vihaan m'a dit que son nom signifiait " l'aube d'une nouvelle ère ", c'était certainement vrai à l'époque et maintenant. La banque pour laquelle nous travaillions à l'époque n'avait pas de problèmes liés au passage à l'an 2000, mais les techniciens du serveur se sont plaints de l'odeur piquante du curry et du scotch dans leur domaine glacial.

Il y a des années, Vihaan m'a montré un keylogger en ligne. "Un keylogger ?"

Il a souri avec son enthousiasme de nerd. "Vous l'avez mis entre un ordinateur de bureau et le clavier," dit-il. "Il enregistre toutes les frappes effectuées, jusqu'à ce que la mémoire soit pleine, bien sûr." Il pensait que c'était un gadget intelligent. "Ce serait un peu évident dans un centre de données, dit-il. "Vous le remarqueriez facilement, je suppose."

Vous le verriez là-bas, mais pas dans une maison, où personne ne le chercherait. C'est pourquoi j'étais si heureuse quand Paola m'a dit qu'il avait un ordinateur de bureau. Quand il se connectait à son compte, l'information était saisie.

"Est-ce que je veux savoir pourquoi tu as besoin de ça ?" demanda-t-il. "Je suppose que ça a à voir avec une fille sexy."

"C'est le cas", ai-je admis. "Elle s'appelle Paola."

"Mignon."

"Elle a un faible pour les trucs high-tech. Ça va l'impressionner. Elle pourrait amener une amie si c'est assez excitant."

Il a ri. "Alors je l'enverrai demain." Il savait que je mentais, bien sûr, mais il s'en fichait aussi.

"Pouvez-vous aussi envoyer un porte-monnaie électronique ?" J'ai pensé rapidement. "En fait, il m'en faut deux."

"Bien sûr. Autre chose ? Un cornet de glace ? L'aile gauche d'une Ford des années 60 ?"

"Sage cul."

"C'est toi qui demandes des faveurs étranges."

"Ne l'ai-je pas toujours été ? Ce n'est pas pour ça que tu as des amis ?"

"Je ne sais pas. Je n'ai que toi, et seulement ta parole pour le fait que nous sommes amis."

"Tais-toi et envoie la merde."

"Considère que c'est envoyé."

Cela fait, j'ai marché jusqu'à une petite tienda, un petit magasin de téléphone cellulaire, et j'ai demandé une carte SIM pour un des services qui fonctionnait la plupart du temps.

"Passaporte", dit-elle en tendant la main. Elle était censée recueillir l'information de mon passeport, une sorte de communication "Connais ton client". Heureusement, c'était Carthagène, pas Miami.

"Lo siento, no tengo conmigo", je lui ai dit que je ne l'avais pas avec moi. En même temps, je lui ai remis 100 000 pesos, soit environ 40 $. Cela m'a valu un sourire.

"No importa", elle a dit. Ce n'était pas important.... après tout, nous étions devenus de vieux amis et elle me connaissait bien. Elle m'a montré du doigt le clavier de son terminal, indiquant que je devais taper mes données personnelles.

Pour le nom, je suis entré : "Chester DeMole Ster." Je n'ai pas pu m'empêcher de rire toute seule. Croyez-le ou non, ce nom faisait partie de mon plan. Rien de nécessaire, juste du glaçage sur le gâteau.

J'ai aussi acheté un téléphone bon marché. Je voulais un brûleur pour les transferts. J'étais trop prudent, mais je suis un peu lâche quand on y pense, et c'était une protection bon marché. Puis, avec ma nouvelle carte SIM dans ma poche et les informations que j'avais accumulées dans ma tête, je me suis mis en route pour prendre une bière Aguila froide. J'aurais aimé voir Paola, mais jusqu'à ce que tout cela soit terminé, nous avions convenu de garder nos réunions décontractées et publiques. Nous ne pouvions pas risquer que Daryl entende des rumeurs selon lesquelles Daryl et moi étions devenus amis et passions du temps ensemble. Il pourrait soupçonner quelque chose.

Mais on s'est rencontrés. J'avais besoin de lui expliquer comment le crypto fonctionnait, pour qu'elle puisse comprendre ce que nous faisions. Il faudrait qu'elle apprenne à se servir d'un portefeuille froid et à accéder à des fonds plus tard. Heureusement, elle apprenait vite. J'ai également pu lui envoyer quelques livres électroniques sur la façon de les utiliser et un lien vers une vidéo YouTube qui lui a permis de se familiariser avec l'installation.

Elle l'a ramassé rapidement et a posé de bonnes questions. Cela m'a donné une bonne idée de ce que nous faisions, de ce dans quoi nous nous embarquions.

"C'est gratuit", a dit Diego, mettant la bière froide devant moi sans que je le demande. Je veux dire, ce n'était pas une grande supposition qu'à cette heure de la journée je commencerais par ça.

"Por que ?" J'ai demandé. "Pourquoi ai-je droit à une bière gratuite ?"

"Parce que tu fais ce qu'il faut."

Je n'en étais pas si sûr, mais s'il le pensait, j'étais heureux de profiter de ses bonnes grâces. J'ai pris une longue gorgée rafraîchissante et je me suis demandé si je devais faire venir une masseuse de garde dans ma chambre. Sans Paola dans les parages, je commençais à m'énerver.

J'ai regardé par-dessus la ville fortifiée et j'ai décidé que c'était une très bonne idée. Après tout, un homme travailleur avait besoin de se détendre, et un massage m'aiderait à rester sur la bonne voie.

En action

Le temps s'est écoulé au fur et à mesure que nous faisions nos préparatifs. Les friandises que Vihaan m'avait promises sont arrivées et j'ai rangé mon portefeuille avec empressement.

Paola est passée chez moi après avoir fait ses courses. J'étais content de la voir et je savais qu'elle avait besoin d'être rassurée. "Qu'est-ce que je fais ?" Paola m'a demandé. "Ces jours passent lentement et je deviens fou."

Je l'étais aussi, mais pas comme elle le pensait. J'avais envie de baiser à nouveau cette femme merveilleuse. Je lui ai donné le keylogger qui était bien arrivé. Je lui en avais déjà parlé et maintenant, quand elle l'a regardé, je lui ai dit comment l'installer. "Ça a l'air simple," dit-elle.

C'était simple. "Assure-toi de le mettre de façon à ce qu'il ne soit pas en vue."

Elle s'est renfrognée. "Je ne suis pas un idiot."

Ses nerfs la rendaient un peu irritable. "Non, tu n'es pas un idiot. Je fais juste attention, je m'assure."

Je lui ai donné le portefeuille en quincaillerie que je lui avais acheté. "Votre argent sera stocké là-dedans", j'ai dit. "Préparez-le comme vous l'avez appris pour qu'il soit prêt."

Elle l'a serré fort, avec reconnaissance. "Que puis-je faire d'autre ?"

"Quand vous êtes au bureau, vérifiez son bureau pour tout ce qui concerne les échanges cryptographiques panaméens... un nom serait utile. Notez ce que vous trouvez, ne sortez rien du bureau."

Elle s'est renfrognée. "Et s'il n'y avait rien ?"

"Ça me ralentit, c'est tout. Ce n'est pas important."

"Alors pourquoi s'embêter ?"

"Si on découvre que ça peut aider. Savoir quel type d'échange il utilise me permettra de m'y préparer, d'y jeter un coup d'œil et peut-être même d'ouvrir un compte. Alors je serai habitué à l'interface utilisateur, comment ça marche, et ça me permettra de faire les choses plus vite."

"Mais même si vous ne le savez pas, vous pouvez toujours obtenir les mêmes informations ?"

"De la carte SIM."

Son visage s'illumina. "Alors je vole ça au lieu du téléphone ?"

"Exactement. Une fois que vous êtes sûr qu'il a payé ses factures, la première fois que vous aurez la chance de le faire en toute sécurité, vous changerez sa carte SIM avec celle-ci." Je lui ai donné celui que j'avais acheté. "Ça nous donnera tout ce dont nous avons besoin", j'ai dit. "Nous pouvons authentifier les transferts."

Le sourire qu'elle m'a donné était excitant. "Simplísimo."

Elle avait raison. La meilleure partie du plan, c'est que ce n'était pas compliqué. Quand Daryl payait ses factures, nous prenions son argent, et il n'en avait pas la moindre idée avant le mois suivant. "C'est simple, mais ne prenez pas de risques. Si nous devons attendre quelques jours après qu'il ait payé les factures pour que vous puissiez obtenir la carte SIM et récupérer le keylogger sans lui, c'est parfait. Sois très sérieux. Si nous ne sommes pas sérieux, si nous ne comprenons pas les risques, nous ne devrions même pas essayer."

"Je comprends tout," dit-elle. "Les risques et les bénéfices sont très clairs." Elle s'est léché les lèvres. "Mais j'ai besoin d'être sûr que tu es certain que tu vas vraiment le faire."

"Pourquoi ne le ferais-je pas ?"

"D'après mon expérience, quand il s'agit du moment de vérité, beaucoup d'hommes changent d'avis, a-t-elle dit. "J'offre donc un petit rappel des récompenses qui ne sont pas incluses dans sa fortune invisible. Sur ce, elle s'est mise à genoux, m'a dézippé mon short et s'est servie de sa langue et de sa bouche sans mot pour me montrer à quel point elle était sérieuse.

Cela m'a certainement rappelé qu'il y avait de nombreuses bonnes raisons d'aller de l'avant avec ce plan, quels que soient les risques.

Quand elle s'est relevée en s'essuyant le menton, ses yeux ont brillé. "Et ce n'est qu'un aguicheur," dit-elle. "Je veux que mon partenaire soit impatient de faire ça."

Je l'étais et cet empressement était pour plus que l'argent de Daryl.

Elle est partie juste après et je me suis sentie étrangement seule. Elle avait quelque chose de différent des autres femmes que j'avais connues. J'avais toujours été content quand une femme partait. J'étais bien seule et il y avait toujours d'autres femmes.

Cette fois, c'était différent.

Deux jours plus tard, elle m'a appelé pour me dire que le keylogger était en place et pour me donner le nom de l'échange crypto. "Il a une copie imprimée des informations de son compte scotchée au fond du tiroir du bureau," dit-elle. "Je pense qu'il a regardé trop de films d'espionnage. Heureusement, moi aussi. Ça doit être les mêmes."

J'avais vu ce film, ou ces films aussi.

"Bon travail", j'ai dit. "Donc, une autre tâche pour vous quand vous allez au bureau pour récupérer la carte SIM est d'aller dans son navigateur et supprimer le nom d'utilisateur et le mot de passe pour ce compte."

Elle a fait un bruit de fredonnement, en y réfléchissant bien. "Pour le tenir à l'écart."

"C'est vrai. Je ne veux pas qu'il le vérifie au hasard. S'il n'est pas là, il peut penser que quelqu'un a piraté son ordinateur, mais cela ne veut pas dire qu'il a été piraté. C'est pour nous donner le temps de nous enfuir."

"Excellent."

Quand elle a raccroché, la pièce semblait encore plus vide, ou peut-être que c'était parce que je me sentais creux sans elle.

Étais-je amoureuse ? Si c'était de l'amour, ça faisait mal d'une façon étrange. Je me sentais plus vulnérable que jamais dans ma vie.

La Minute de Vérité

Vous devez apprécier les gens prévisibles même si vous ne les aimez pas. C'est réconfortant de savoir que vous pouvez compter sur eux pour vivre selon vos attentes. Daryl était un excellent exemple, du moins dans ses habitudes financières.

Le matin du premier jour du mois, Paola m'a appelé de la ville. "Il le fait maintenant", dit-elle. "Il est entré dans son bureau alors que je partais lui chercher des cigarettes."

"Retourne là-bas et assure-toi", j'ai dit.

"Tu te détends. C'est un homme à tout faire ", dit-elle. Je savais ce qu'elle voulait dire.

"Le problème, c'est que tu n'es pas là pour me détendre, ai-je souligné.

Elle a ri. "Il y a d'autres filles dans le coin." Puis elle a raccroché.

A partir de ce moment, le plan dépendait d'elle. Tout ce que j'ai pu faire, c'est attendre qu'elle trouve une ouverture, échange la carte SIM et récupère le keylogger.

Le lendemain matin, je l'ai trouvée debout devant ma porte, magnifique, tenant une carte SIM et le keylogger. "Dieu merci", lui dis-je, en la balayant de l'intérieur. Pour une fois, mes intentions étaient très précises.

J'ai pris le téléphone bon marché que j'avais acheté, j'ai mis la carte SIM et je l'ai regardée. "C'est parti", j'ai dit.

J'ai branché le keylogger sur un nouvel ordinateur portable que j'avais acheté quand j'étais sûr que nous allions le faire. Je ne voulais pas que ces transactions soient enregistrées dans mon système habituel. Puis j'y ai connecté un clavier externe. Elle a regardé par-dessus mon épaule pendant que j'ouvrais Notepad et tapais le code qui accéderait au keylogger.

Bien qu'il se soit connecté plusieurs fois ce jour-là, probablement pour payer des factures individuelles, le nom d'utilisateur et le mot de passe n'étaient pas difficiles à trouver. Les détails de connexion de tous ses comptes étaient mis en cache dans son navigateur, il n'avait donc pas besoin de les entrer. Mais, parce que Paola avait supprimé ses identifiants Panama PrivEx du cache du navigateur, il avait dû les taper manuellement.

Je ne m'inquiétais pas que ça l'alerterait de problèmes. Il serait un peu frustré par les tracas, bien sûr, peut-être qu'il aurait à chercher le mot de passe, mais les ordinateurs ont eu des problèmes. Un défaut dans son ordinateur, une erreur localisée n'était pas quelque chose dont il fallait s'inquiéter. L'ordinateur n'a jamais quitté son bureau, après tout, et personne d'autre ne l'a utilisé. Même s'il était un technicien averti, il vérifierait probablement l'URL et, voyant qu'elle était correcte et qu'il n'était pas victime d'une tentative d'hameçonnage, il supposerait qu'une zone de texte ou un nom de page renommé sur le site le forçait à entrer à nouveau ses identifiants. Ça aurait été une douleur au cul, mais pas quelque chose qui l'aurait mis en danger. Quand il avait essayé de se connecter sur le site l'avait forcé à entrer les informations de connexion. Maintenant, quand j'ai examiné le dossier de l'enregistreur de clés, l'information dont j'avais besoin était juste là, brillante comme des diamants taillés.

Le nom d'utilisateur et le mot de passe étant notés, je me suis rendu sur mon ordinateur portable et j'ai navigué jusqu'au Panama PrivEx où je me suis connecté. Quelques instants plus tard, j'allumais la carte SIM de Daryl. "Un mensaje no leído", disait-il. "Un message non lu." J'ai vérifié le message, entré le code dans le popup DFA, et retenu mon souffle.

Ça a marché. La porte du coffre-fort s'ouvrit et, sans fanfare du tout, à l'exception d'un petit "Welcome Daryl" dans la barre supérieure, j'avais mes yeux et mes mains virtuelles sur son compte.

Daryl ne mentait pas. Il avait un peu plus de 730 Bitcoin dans cet échange. A l'époque, ce montant s'élevait à environ dix millions de dollars US. Ça achèterait beaucoup d'empanadas.

"Dios mio", Paola m'a dit quand je lui ai dit combien d'argent Daryl avait eu, combien on allait partager.

"Maintenant le plaisir commence", j'ai dit. Son haleine chaude et épicée m'a réchauffé l'oreille pendant qu'elle me regardait brancher mon portefeuille de quincaillerie, le portefeuille froid qui stockait le butin hors ligne, dans l'ordinateur portable et autoriser un transfert vers celui-ci. La moitié du bitcoin disponible a flotté dans les limbes numériques pendant un certain temps, et la transaction a été répertoriée comme "en attente". C'était une époque angoissante.

"Pourquoi si longtemps ?" demanda-t-elle, nerveuse maintenant.

"La transaction doit être vérifiée. C'est l'un des points faibles de la chaîne de blocage. A besoin d'être réparé. C'est donc lent mais sûr."

Je me suis levé et je suis allé à mon frigo et j'ai pris une bière pour chacun d'entre nous, mais elle a secoué la tête. D'accord, plus pour moi. J'ai pris une gorgée et j'ai regardé l'écran encore une fois, l'exhortant. Allez Satoshi, fais-le pour nous.

Finalement, cela a été confirmé. J'ai vérifié la pièce dans le portefeuille et je l'ai débranchée. La moitié de l'argent de Daryl avait disparu... c'était le mien.

"A mon tour", dit-elle en me remettant son portefeuille froid. "Vous avez les codes, la graine, en sécurité ?"

Elle hocha la tête. Je l'ai branché, j'ai obtenu l'adresse de réception et je suis retourné à l'échange pour transférer la pièce restante dans son portefeuille. Quand il a lu en attente, nous nous sommes tous les deux assis en arrière et nous avons regardé l'écran. J'ai bu ma bière et Paola m'a passé la main sur l'épaule et le dos.

Quand ça a été confirmé, j'ai débranché le portefeuille et je le lui ai donné. "Alors maintenant tu es riche", j'ai dit.

"Plus important encore, il est pauvre," dit-elle.

"Oui. Mais n'oubliez pas de ne pas convertir tout le bitcoin en liquide, vous devez..."

Elle a ri. "J'ai entendu cela tellement de fois, de lui, de toi... Je convertis juste ce dont j'ai besoin et j'essaie de cacher la trace de l'argent. Oui, oui, oui, oui..."

J'espérais qu'elle comprendrait.

À ce moment-là, Daryl n'avait aucun moyen de trouver la pièce de monnaie, et encore moins d'y accéder, ou même de savoir où elle était allée. Ça m'a fait du bien. Paola m'embrassait la joue et me frottait les épaules aussi.

Elle l'a continué pendant que j'effaçais l'historique de l'ordinateur, tous les mots de passe, essuyais le disque et enlevait le lecteur et l'écrasait pour faire bonne mesure. Ce n'était probablement pas nécessaire. Peut-être que rien ne l'était, mais la prudence ne m'a jamais empêché de dormir.

"Avec de la chance, on a un mois avant qu'il ne remarque que son argent a disparu", je lui ai dit. "Tu dois lui dire que quelqu'un de ta famille est malade et que tu dois aller les voir. Ne lui dis pas que tu démissionnes. Et puis tu dois vraiment y aller. Quand il apprend qu'il a été volé, on ne sait pas ce qu'il va faire."

Elle a souri. "Ma famille veut que je rentre à Medellin."

"Parfait. Je dois retourner au travail. Alors je vais le faire."

"La police ne va-t-elle pas nous poursuivre quand il signalera avoir été cambriolé ?"

C'était à mon tour de sourire. "Même s'il vous soupçonnait, la beauté d'une fortune invisible, c'est qu'il ne peut prouver qu'il avait de l'argent à voler. La pire chose qu'il puisse vous reprocher, c'est d'avoir échangé la carte SIM de son téléphone. Et il n'a aucune influence. Il n'aura pas d'argent pour payer la police pour nous faire quoi que ce soit. En fait, je paierai la police pour l'arrêter pour avoir abusé des enfants."

Elle a ri. "Je pense que ça les rendra heureux aussi. Le jefe, le chef Alvarez, ne l'aime pas et aimerait le mettre en prison."

Mais pas au prix de la perte de leur revenu actuel, bien sûr. Mais maintenant que ça allait s'arrêter de toute façon, ils auraient au moins un petit quelque chose pour avoir emballé un méchant. Voir clairement rend une personne cynique.

Elle s'est arrêtée. "Si vous payez le chef... eh bien, ils se demanderont où vous avez eu l'argent et pourquoi vous vous en souciez. Ils pourraient penser que tu as l'argent qu'il avait. Ils ne le récupéreront peut-être pas pour lui, mais ça ne les dérangerait pas de le prendre pour eux."

"Je vais devoir utiliser un intermédiaire."

Elle a aimé cette idée.

"Mon amant prudent", dit-elle en riant, passant ses mains le long de mon corps. J'ai poussé les restes de l'ordinateur portable bon marché sur le sol. Elle s'est levée, tirant sa robe d'été et me montrant qu'elle était nue en dessous.

"En parlant de ça, apporte ça dans mon lit où on sera à l'aise."

Cette fois, nos ébats sexuels étaient tellement plus sensuels et détendus qu'ils ressemblaient étrangement à de l'amour.

Alors que nous nous couchions, j'ai dit : "Maintenant, tu devrais retourner à la maison et lui dire que tu dois partir tout de suite."

"Il sera en colère."

"Peut-être, mais tu n'as plus à t'en soucier. Et si vous partez sans rien dire, il pourrait vérifier son téléphone maintenant. Nous voulons avoir le temps de mettre de l'espace entre les événements."

Elle hocha la tête. "Bueno," dit-elle, et alors qu'elle se tenait dans l'embrasure de la porte, presque hors de celle-ci, elle s'arrêta et me regarda. "Je peux revenir ici ? Pour la nuit ? Je lui dirai que je pars ce soir et que je le passerai ici. Demain, je partirai rejoindre ma famille." Je pouvais dire que son cerveau était encore ébranlé par la réalité de sa nouvelle richesse.

"J'aimerais bien", j'ai dit.

J'ai écouté le bruit de ses pas pendant qu'elle marchait dans le seul vol jusqu'à la rue. Puis je suis allé la regarder de la fenêtre, profitant de la façon gracieuse dont son petit cul se balançait sur le chemin du retour pour annoncer la nouvelle à Daryl.

Je me sentais bien. Daryl allait être arrêté. Paola revenait dans mon lit. Et j'étais riche.

Je me suis demandé ce qui serait un don convenable à un organisme de protection de l'enfance. J'ai supposé qu'il y avait de telles choses. J'avais besoin de faire des recherches là-dessus.

Extrémités Desserrées

Paola est revenue cette nuit-là. Daryl a gobé son histoire, a même été sympathique. Alors elle avait fait ses valises et était partie. "Je veux que tu te souviennes de moi," dit-elle. "D'une manière excitante."

Ça, elle l'a fait. Elle m'a fait ses adieux d'une manière qui m'assurait que je ne l'oublierais jamais ou que je ne me souviendrais jamais mal d'elle.

Le matin, elle était partie. Malgré le fait qu'elle savait qu'elle partait, j'ai quand même été choquée de me réveiller et de constater qu'elle n'était pas là.

Je savais qu'elle irait bien. J'étais encore étonné de voir à quelle vitesse elle avait maîtrisé la façon dont Crypto fonctionnait. Elle l'avait adopté et courait avec. Quoi qu'il arrive ensuite, l'argent l'avait libérée pour qu'elle puisse prospérer ou s'écraser et brûler. On était partenaires et c'était fini.

Il me restait quelques jours à Carthagène et je les ai passées à boire et à ramener chez moi des filles jolies et sexy, mais qui m'ont seulement fait regretter Paola.

Lors de ma dernière soirée en ville, alors que je buvais mon cinquième single malt, j'ai reçu un message WhatsApp de Paola sur son nouveau téléphone pour me dire qu'elle était rentrée saine et sauve chez sa mère. Elle a envoyé une photo de sa vue de la ville de Medellin la nuit. "La vue de Saint-Domingue", écrivait-elle. "Mais nous ne resterons pas ici longtemps."

La vue était spectaculaire - la ville n'était que des tours et des penthouses modernes. Le problème, c'est qu'elle et sa famille s'y trouvaient. Pourtant, je savais qu'avec ses ressources, ce ne serait pas un problème. C'est facile de se perdre quand on a assez d'argent.

Je me sentais bien. Paola était en sécurité et allait de l'avant. Le temps que quelqu'un découvre qu'il s'est passé quelque chose, elle aurait déjà couvert ses traces. Il ne restait plus qu'à Daryl de payer le prix pour ce qu'il avait fait. Je suis retourné au bar ce soir-là et j'ai pris Diego à part. "Tu as fait une bonne chose", a-t-il dit. "Peut-être plus que vous ne le pensez."

"Mais il y a des choses à finir", j'ai dit. "Daryl Saunders est sans défense et doit être abattu. J'ai besoin de quelqu'un pour payer la police pour le sortir de la rue."

Diego haussa les épaules. "C'est possible. Cependant, ils pourraient vouloir beaucoup d'argent pour le faire."

"De combien parle-t-on ? Qu'est-ce qu'une grosse somme d'argent ?"

"Pour l'arrêter, ils voudraient faire une bonne affaire. Il y a tellement de paperasse et un gringo signifierait une attention médiatique qu'ils ne veulent pas. "L'éliminer serait beaucoup moins cher et beaucoup plus simple."

"C'est un point. Tu veux dire le faire tuer ?"

Il avait l'air indifférent, ne voulant pas dire les mots. "Sans la police à son service, il peut facilement être arrêté. Il n'y aurait pas d'interférence, personne ne le chercherait. Mais pour cela, la police est une complication inutile."

"Si vous avez les bonnes relations. Je ne sais pas."

Il m'a donné le sourire le plus amical qu'il m'ait jamais montré. "Si, tu le sais. Vous m'avez moi. Tu étais prêt à me faire confiance pour soudoyer la police. Je suggère que vous me fassiez confiance pour gérer sa.... retraite de son mauvais comportement."

C'était tout à fait logique. "J'étais prêt à offrir cinquante mille dollars au Jefe de la police," dis-je. "Et j'allais te donner 5 000 $ pour être le messager."

J'avais planifié cette partie à l'avance. J'aimais la vie que j'avais trouvée ici et j'avais l'intention d'aller et venir régulièrement en Colombie à partir de maintenant. Dans cet esprit, j'avais ouvert un compte dans une banque locale pour faciliter l'accès à l'argent. J'ai communiqué avec mon compte de courtage et j'ai fermé mon compte de retraite. Je leur avais dit de virer 70 000 $ sur ce nouveau compte. Je me suis dit que j'étais prêt. "Je peux aller à la banque chercher l'argent demain."

sourit Diego. "Amigo, tu surestimes l'efficacité de mes compatriotes. Demain, vous découvrirez qu'il y aura de nombreuses raisons pour lesquelles ils ne pourront pas vous donner autant d'argent, pas en dollars ou en pesos. Ils ont votre argent et veulent l'utiliser pour un temps."

"Merde." Il avait probablement raison.

"Mais pour des hommes comme nous, un peu de confusion bancaire ne devrait pas être un problème, amigo."

"Non ?"

"J'ai cru comprendre que vous aviez de la cryptocurrency."

"Je le veux." Je ne savais pas comment il le savait, mais bien sûr, il a parlé à Paola.

Il m'a donné un bout de papier avec une adresse et un code QR. "Envoyez le montant en bitcoin à cette adresse," dit-il, profitant de ma surprise. "Je n'ai pas les moyens de me payer un portefeuille en quincaillerie, mais les portefeuilles en papier sont gratuits, faciles à utiliser et sûrs."

J'ai ri. Ma fierté d'être intelligent avec la technologie me rattrapait encore une fois. "Je le ferai quand je retournerai dans ma chambre."

"Et je vais régler les derniers détails de cette opération plutôt agréable."

J'étais certain qu'il le ferait. J'étais aussi certain que moins j'en saurais sur la façon dont il les traitait, mieux je m'en porterais. J'ai mis le papier dans ma poche. "Étant donné que tu es d'une telle aide, je suppose que tu ne seras pas là la prochaine fois que je reviendrai."

"C'est peu probable. Avec cet argent, même après avoir embauché l'aide nécessaire, je peux commencer une nouvelle carrière ailleurs, dit-il. "Ne le prends pas mal, mais j'ai eu ma dose de touristes." Il veillait sur les yachts. "Je ne suis pas amoureux de cette ville de toute façon."

J'ai compris. "Je vais envoyer l'argent maintenant."

"Et je vais résoudre le problème."

On s'est serré la main et je suis parti, je me suis arrêté au magasin d'alcool pour prendre une bouteille, puis je suis allé dans ma chambre et j'ai envoyé l'argent dans le portefeuille crypto de Diego. Ça m'a amusé d'envoyer les Bitcoins de Daryl à son assassin. Qui l'aurait cru ? J'étais là, dans le monde sauvage de la Colombie, à régler les derniers détails avec des paiements crypto à un serveur. Ce monde devenait un nouvel endroit plus courageux, quoique légèrement décalé.

De Retour à la Maison

Quand je suis rentré aux États-Unis, je me suis surpris en retournant au bureau. Je n'étais pas sûr de le faire. Maintenant que j'avais assez d'argent pour plusieurs vies, le travail que j'avais fait semblait inutile. Mais une partie de moi voulait voir comment les choses se passaient en Colombie avant que je ne fasse quoi que ce soit de dramatique. Je voulais y retourner, de façon permanente cette fois-ci, mais pas si mon nom apparaissait comme quelqu'un le voulait dans une enquête de quelque sorte que ce soit. Je n'ai rien entendu de bon sur les prisons colombiennes... ni sur aucune prison.

En retournant au travail, j'ai parcouru Internet à la recherche d'histoires de Carthagène en cherchant le nom de Daryl. J'en ai trouvé un qui disait qu'il avait été porté disparu. Lors d'une vérification de routine, la police a trouvé sa maison abandonnée. Il avait été pillé. Je doutais qu'il ait été pillé jusqu'à ce que la police le trouve porté disparu, mais personne ne me l'avait demandé.

J'ai aussi cherché des nouvelles en utilisant le nom de Paola et j'ai trouvé paydirt là-bas. Je suis tombé sur une de ces histoires de bons à rien. Il semble, selon l'article, qu'un bienfaiteur anonyme ait établi une nouvelle fondation pour construire un orphelinat près de Bogota. Il avait tout financé et une partie de la charte stipulait qu'il avait confié à Paola et à un certain Diego la responsabilité de la construction et de l'exploitation. Ils avaient de jolis salaires, mais apparemment, leur bienfaiteur avait fourni trois ou quatre millions de dollars pour construire l'endroit et le faire fonctionner. Je me demandais si cela suffirait.

J'ai secoué la tête, au moment où mon patron entrait. "Mauvaises nouvelles ?"

"Loin de là. Étonnamment bonne nouvelle." J'ai toujours sous-estimé Paola et Diego.

"Eh bien, nous avons des problèmes à discuter."

"Vraiment ?"

"Quoi qu'il se soit passé pendant vos vacances, cela ne vous a pas fait revenir rafraîchi et plein d'énergie, du moins pas pour le travail. Ton esprit est ailleurs."

J'ai regardé mon patron pendant une minute en essayant de trouver le courage de lui dire. Il avait été gentil avec moi et j'allais devoir mentir. "Vous avez raison. Je pense à autre chose ces jours-ci. J'ai vraiment aimé vivre là-bas."

Il a ri. "Nous n'avons pas l'intention d'ouvrir un bureau en Colombie de sitôt... probablement jamais."

"Ne pas travailler. J'en ai marre de programmer, au moins de faire ces tâches répétitives."

"C'est ce qui paie les factures."

J'ai souri. "Tous les miens sont payés pour une longue période. Sauf qu'un seul et moi avons l'intention de nous en occuper."

"Qu'est-ce que tu me dis ?"

"Que je ne peux plus faire ça, que je n'ai plus à le faire, alors je démissionne."

"C'est une mesure radicale. Avez-vous hérité d'un peu d'argent ?"

"Je l'ai fait, en fait." D'une certaine façon, je l'avais fait.

"La Colombie est un endroit dangereux", a-t-il dit. Il aimait travailler avec moi et ne voulait pas que j'y aille.

"Celui-là aussi."

"Avez-vous entendu parler du type américain qui est tombé d'un hélicoptère ?"

Ça m'a intéressé. "Que s'est-il passé ? Comment ferait-il ça ?"

"Un de ces tours sur les plages des îles au large de Carthagène ou un truc du genre. Apparemment, pendant la tournée, il est tombé et personne n'a remarqué. Comment cela fonctionne-t-il ? Bref, c'est arrivé il y a quelques jours et ils ont trouvé son corps ce matin. C'était au journal télévisé. Les flics le cherchaient parce qu'ils pensaient qu'il avait été kidnappé et qu'il a été écrasé sur une plage."

J'ai souri. "Eh bien, il se passe des choses partout, comme je l'ai dit. Et pour un certain nombre de raisons étranges, c'est plus important que j'arrête et que j'y aille."

"Comment ça marche ? Un type que tu ne connais pas meurt et tu as soudainement besoin de voir où c'est arrivé ?"

"Non. Je me fiche de l'endroit où il est mort. Je vais aller dans un endroit près de Bogota. Des amis construisent un orphelinat et je devrais aller voir."

"Un orphelinat en Colombie ?" Il s'est gratté la tête. Je pensais te connaître, mais j'avais tort."

"J'en apprends encore sur moi, alors ne te sens pas mal", j'ai dit.

Je n'étais pas sûr de ce que je ferais ou de la façon dont la vie allait se dérouler, mais je pouvais donner à Paola et Diego un don supplémentaire pour leur travail et avoir encore assez pour vivre, très bien, pour le reste de ma vie. Et je commençais à regarder certaines des pièces de monnaie alternatives. Même si je n'avais pas besoin d'argent, j'étais intrigué par l'idée d'échanger. Et j'avais un compte en parfait état à la bourse de Panama.

Et tout était invisible. C'était aussi tangible et sûr, si j'étais plus prudent que Daryl. Et c'était le début d'une nouvelle existence.

LA FIN